건각들

건각들

발행일	2022년 11월 7일		
지은이	이기동		
펴낸이	손형국		
펴낸곳	(주)북랩		
편집인	선일영	편집	정두철, 배진용, 김현아, 류휘석, 김가람
디자인	이현수, 김민하, 김영주, 안유경	제작	박기성, 황동현, 구성우, 권태련
마케팅	김회란, 박진관		

출판등록 2004. 12. 1(제2012-000051호)
주소 서울특별시 금천구 가산디지털 1로 168, 우림라이온스밸리 B동 B113~114호, C동 B101호
홈페이지 www.book.co.kr
전화번호 (02)2026-5777   팩스   (02)3159-9637

ISBN   979-11-6836-573-5 03810 (종이책)   979-11-6836-574-2 05810 (전자책)

(주)북랩 성공출판의 파트너

북랩 홈페이지와 패밀리 사이트에서 다양한 출판 솔루션을 만나 보세요!

홈페이지 book.co.kr   •   **블로그** blog.naver.com/essaybook   •   **출판문의** book@book.co.kr

---

작가 연락처 문의 ▶ ask.book.co.kr

작가 연락처는 개인정보이므로 북랩에서 알려드릴 수 없습니다.

건각들

시인의 말

어느 해인가 태양도 더워서 지쳐버린 오후, 그 여름의 한복판.

완전무장하여 행군을 하는 병사들과 같이 걸었다.

목에서 목숨까지 차오르는 숨가쁨을 함성과 군가로 틀어막고 걷고 또 걸었다.

석양이 신비한 그림을 그리며 시나브로 사그러질 때

　－ 떨어지는 해를 곱게 단장하는 저녁놀은

　　　누구의 시입니까 －

만해 한용운님의 시를 읊조리면서 어제와 다른 밤을 맞이한다.

거친 숨소리와 전투화 발자국 소리가 밤을 더욱 적막속으로 빠져들게 한다.

가파른 고개를 넘고 넘을 때 피로는 깊어져가고 침묵이 밤안개에 묻혀 가라앉을 때

저 멀리 피로를 깨우는 민가의 불빛이 하나둘 켜질 때 목적지 도착을 알리는 팡파르가 오감을 깨운다.

군인의 삶은 걷고 또 걷는 삶이다.

아니 모든 사람의 삶이 걷고 또 걷는 삶이다.

우리 모두는 태어나서 지금 이 순간까지 걷고 걸으며 살고 있다.

걸으며 생각하고 걸으며 웃고 울며 자신의 삶을 만들어 가고 있다.

지금 나는 어떻게 걷고 있는 것일까.

삶의 목표를 세우고 두 발로 제대로 걷고 있는 것일까.

한때 방황의 길을 걷다가 자유와 평화의 길을 걸을 때 분단의 아픔을 알았다.

"평화를 바라거든 전쟁을 대비하라."라는 4세기 로마의 군사전략가 베게티우스의 말(言)이 21세기인 오늘까지 내려오고 있다.

모두가 각자 준비한 길을 걸어가고 있다.

최선을 다해 걷고 있다면 모두가 당당하고 강인한 건각 (健脚)들이다.

그런 건각들 속에서 대한민국은 꽃을 피우고 열매를 맺는 것이다.

혼돈과 무질서, 양육강식의 냉엄한 국제사회 속에서 어떻게 걷고 있는가가 매우 중요한 때이다.

방향을 잃고 우왕좌왕 흔들리며 걸어서는 안 된다.

후손들에게 물려줄 이 땅을 위해 두 눈 부릅뜨고 똑바로 힘차게 걸어야 한다.

흔들림 없이.

2022년 10월

오늘도 걸으며 생각하면서

이기동

목차

005   시인의 말

제1부 건각들

012   군대가는 날
016   세 꼬마
018   새벽을 여는 마음으로
031   목표
032   건각(健脚)들
037   병영(兵營)
038   철모를 쓰면
040   조국! 오직 하나
043   겨울 해안
044   짧지만 긴 시간
046   연병장에서
048   까치
050   빛
053   팬티바람
054   전선의 밤

056   조국의 아침

059   밤·초소

061   푸른 염원(念願)

제2부 비무장지대

066   비무장지대(非武裝地帶)

082   거기, 어디인가

085   전쟁(戰爭) 1

086   전쟁(戰爭) 2

091   호국의 길

102   여기에서

104   뜨거운 가슴으로

108   얼(魂)

110   통일(統一)

112   노병(老兵) 상념(想念)

118   영원하라! 배움. 행함, 승리의 빛이여!

제3부 염원, 가득 채워진

122   염원(念願), 가득 채워진

124   장하다! 조국의 아들이여!

127   봄

129   50년의 한(恨)

130   희망

132   이 땅에 빛으로 오신 님이여!

136   대화(對話)

139   아버지의 소원

140   땅따먹기

142   이 길로 가면

145   조국, 그 빛이여!

148   저녁, 다시오는 빛- 하나

150   이사 여행

153   만남

155   자유혼(自由魂)

158   날마다 새롭게

161   지금은

163   제대하는 날

제1부

건각들

군대가는 날

태양이 주는 강렬함

타들어 가던 가슴은

커다란 두려움 앞에

우선멈춤

악동들의 아우성

소녀들의 재잘거림

피붙이들의 아쉬움이 엉킨

짧았던 밤은

더욱 짧은 여명을 맞아

어제의 아쉬움을 남긴 채

아침 햇살에 녹아 버렸다

미루나무 한그루

혼자 삐쭉자라

엉거주춤 손 흔들고

강아지 엉덩이 흔들어대다

뭔지 아는 듯

끙끙대며 돌고 도는데

시계는 재촉하며 발길을 돌린다

지나간 시간들이

깊게 파묻힌 팔월의 오후는

현미경을 보듯

하나씩 각인(刻印)되어

뇌리를 스치운다

희, 로, 애, 락

모두를 안고

못내 아쉬운 듯

열차도 굼뜨며

지루한 영화를 보듯 답답하다

새롭게 펼쳐질

화면에 대한 기대감보다

오늘 밤에 이루어야 할

새로운 삶조차 모르는

커다란 미지(未知)의 세계

어머니

끓어 넘치는 이별을

눈가에 담고

용광로보다 더 뜨거운 두손으로

부둥켜 안으며

육신의 안녕을 고한다

깊고 깊은 정(情)들이 뿌려지는 역사(驛舍)에

오직 건강만을 기대하는 손짓으로

열차를 움직이고

안주(安住)의 벽을 허물고 일어선

미완성의 조국들이

열차 속에서 화답한다

새로운 인생의 공격작전

공격개시선을 출발한

인생 설익은 사나이들

모든 생각을 비운 채로

인생 전환

신발 끈 바짝

당겨 맨다.

세 꼬마

단풍이 내려앉은 마지막 행군길
산 너머 산 속 깊이 옹기종기 몇몇 집
돌담을 타고 돌다 발길 세우는
양지바른 볏짚단 아래

코 흘림
졸음
구멍 난 양말.

1976년 깊어가는 가을...

사관생도때 어느 산골을 행군하다가 본

아이들의 모습이다.

지금도 그 순간이 그립고

그 아이들은 지금 어떻게 되었고

무엇을 할까?

새벽을 여는 마음으로

1. 기상나팔

그래,

새벽을 열자

존재해야 한다는 의미가

창연(蒼然)히 펼쳐지기에

조국은 언제나

힘찬 기지개를 편다

간밤을 지켰던

호국의 수호신들

할아버지의 원혼을 달래며

새벽을 깨우는 여명에

다시 찾아올 파수(把守)의 밤을 기약한다

강렬한 음색(音色)을 따라

조국이 열리며

철책을 응시하던 평화는

깊은 안개로 가려진

미완성의 철책을 걷어내며

통일의 염원을 날갯짓한다.

가슴에 가득 채워지는

환희의 높은 음자리표

높음 - 그 하나하나를 이어나가는

선율을 따라 조건반사로 가득 찬

젊음의 꽃 그리고 열매들

푸른 숲, 맑은 물, 숨 쉬는 산하

늘 외치던 음율을 따라

노래하리라

목 터져라 외치리라

2. 조국에 대한 묵념

늘 겸손함으로

머리를 숙일 때면

태산 같은 장중함

흐트러짐이 없이

변화받게 하며 감화된다

마음 깊숙한 곳에서의 염원

가득 찬 바람으로

두 손 모아 기도하면

푸른 하늘 어느덧 다가와

용기 된다

흔들리지 않는 냉정함으로

차가운 현실을 직시하며

불끈 쥔 두 손으로 새롭게 하면

아름다운 땅

눈 앞에 펼쳐지며

희망 된다

반세기

단절의 흐름 속에

뭇짐승들의 탄식

이름 모를 잡초들의 하소연

꿈꿀 수 없는

꿈이 열리지 않는 비무장지대

철저히 무장되어가는 억지 논리

쏟아져 쌓여가는

비방의 낙엽들

야욕을 퇴치하는

정신무장지대로 승화되리라

3. 새벽을 가르며

달리는 조국은

언제나 우람차다
다가오는 새벽에 힘이 솟고
솟구치는 태양에 힘이 쌓인다

하나로 시작되어
하나로 마치기를 원하듯
함성은 하나 되어 새벽을 가른다
하늘을 찌른다
벅차오르는 가슴과 가슴들이
길게 이어질수록
정신은 더욱 맑아진다

조국의 부름에 지체 없이 달려와
고난과 역경을 이기며
스스로 안으로 안으로 채찍질하며
굳건히 일어서서
강인한 혼을 키우며
새벽을 연다

전우의 숨결을 느끼며

이 발길 돌려

백두산까지 단숨에 뛰어 올라가고픈 충동

쓰라린 기억 속에

숱한 상처만을 간직한 155마일

냉엄한 현실로 갈라놓은 선

이쪽 저쪽의 이념 앞에

숨 막히는 고통, 안타까움

멈추어 버린 눈동자

무거운 침묵을 안고

바쁜 입김을 뿜어낸다

4. 감사의 열매

어제, 굶주림과 허기에 찬

허리를 움켜잡고

토막 난 삶의 한 부분을 희생시키기 위한

안간힘으로 지켜온 세월

통증이 가시지 않은

아버지의 허리춤에서

꺼내 본 이야기는
먼 태곳적 이야기가 아닌
불과 수년 전
붉게 물든 체험의 현장

오늘, 풍성함이 살아 숨 쉬는
역동의 아침
새벽이 몰고 온 싱그러움으로
가득 채워진 식탁에는
믿음이 쌓이고
평안의 기운이 덮인다
늘 마주하던 대화에는
청량감이 더하고
웃음으로 버무려진
동향(同鄕)의 악동들이 된다

고향의 새벽을
가장 먼저 깨우는 모정(母情)
편안하고 익숙하게 들려오는
통 큰 치마의 펄럭거림

입속에 각인(刻印)된 손맛을 느끼며
가슴 깊이 내려앉는
어제의 뭉클함을 본다

우리에게
행복 평안 사랑을 안겨준
아버지의 아버지들에게
무한의 감사를 보내며
통일 번영 희망을 안겨 주어야 할
아들의 아들들에게
의지의 씨앗을 뿌린다
새벽을 활짝 열어 젖힌
찬란한 아침에.

5. 훈련장에서

호국의 절규가 넘치던 무명고지
무명용사들이 이루지 못한 염원
그 멈췄던 박동이

젊음으로 다시 띈다

움켜쥔 K-2에 땀방울이 빛나고
홍건한 육체는 뜨거운 바람을 안고
전투지역 전단에 서다

바람도 지나쳐 버릴 수 없는
긴장의 연장선상에
북쪽을 가리키는 나침반
그 붉은 화살표에
포탄이 작렬하고
총알이 빗발치며
격전의 소용돌이가 맴돈다

훈련-땀 한 방울
전투-피 한 방울
가라앉을대로 가라앉은
목에 힘을 주며
목숨까지 차오르는 염원을 안고
이루지 못한 염원을 조각조각 내며

뒹굴고 뛰며 오르고 내리며

구르며 채워가며

우리가 우리를

내가 나를 불사른다

6. 야간행군

어깨에서 빛나는 조국

스물 몇 해의 열정들이

소중한 사명을 품고

아버지의 아버지들의 한이 서린

녹슬고 차디찬

고난의 가시철조망을 걷어내고

험준한 산길에서 내일을 기약한다

땀내 물씬 풍기는

형언할 수 없는

오묘하고 깊은 모정(母情)의 내음

호국의 내음되어 번진다

전진 전진하는 용사여

지나온 숱한 고난을 아는가

준비 없는 고통으로 얼룩진

무명고지의 가파른 호흡들이

가슴 속 열기로 솟구칠 때

정상에 오르고

조국이 다가오면

아!

여명의 행복감

나의 새벽

조국의 창(窓)을 연다

7. 다시 새벽을 열며

민족의 빛

검은 보자기로 덮인 지 수십 년

마주치는 눈길에는 증오가 깔리고

부딪치는 총구에는 긴장이 스민다

주린 배에 자유를 채우고

북녘 둥지를 찾는

검은 독수리를 보며

얼룩진 가슴 - 할아버지

찌든 얼굴 - 할머니

안타까운 현실 앞에

눈물조차 말라버린

조국이 운다.

이제, 열린 창

아! 눈부심

얼룩지고 부서져 버린

그런 빛이 아니다

어제 - 새벽의 열때

슬픔 속에 희망 머금은

꽃망울의 빛

오늘 - 다시 새벽을 열면

각오 속에 사랑 간직한 꽃잎들의 빛

내일 - 또 다시 새로운 새벽을 열때면

의지 속에 행복 만발한 무궁화의 빛

태초로부터의 빛

그런 빛이다

빛으로 다시 여는 새벽에
호국의 삶이 영근다
상승일로(上昇一路)
창공을 향해
미래를 향해
영원에서 영원으로.

목표

타오르는

정열 안고

치달아 오른 정상

형언할 수 없는

하나

또 하나

목표 탈취— 상황 끝.

건각(健脚)들

– 92 국방일보 진중문예 詩부문 당선수상작 –

임무를 어깨에 멘

스물 몇 해의 젊음 박동(搏動)

쓰러질 듯 넘어가는 각도로

새털구름을 비치며 분산하는 빛은

신(神)의 강림을 보는듯한 신비함 속에

젊음을 일으키며 등을 떠민다

250길을 향해

소중한 사명들이 등에 얹히고

날카롭고 매서운 "진격의 창"을 움켜쥐고

부서질 듯 꼭 깨문 어금니

다이아몬드가 반짝이며

"와" 하는 함성 속에

긴장은 힘으로 승화되어

한 줄기 바람을 일으키며

심장을 타고 전투화 끝에 머문다

이열종대로 도열한 플라타너스의 박수 소리에

수줍은 듯한 홍안의 미소들

두 시간 삼십 분 간격의

시골 버스 속에서의 파이팅에

미소와 함께

두 손을 크게 흔들며 파이팅 파이팅

이내 험준한 산길을 오른다

걸으면 걸을수록

자꾸만 벅차오르는 가슴

땀은 방울 되어 떨어지고

온몸은 용광로 되어 타오른다

피로를 가슴으로 받으며

가슴과 가슴이 길게 이어지면서

걷고 걸을 때

피로를 밤으로 쉬게 하는

민가의 불빛을 바라보며

조각 달빛에 물을 적셔

잠시 머리를 식힌다

가야 할 길은 멀고

달빛은 구름이 가리우는데

적막한 山길에 울려 퍼지는

젊은 심장의 고동(鼓動)

생전(生前) 처음 이 길을 걷는 김 이병

무거운 임무가 어깨에서 끄덕이는데

그래도 아무 소리 없이

먼 하늘을 보며 눈을 감고

어머니와 함께 걸어본다

고향이 가까이 다가왔다는 박하사

나보다는 우리를 완성해야 한다는

삶의 무게를 느끼면서 전·후·좌·우

바쁜 입김을 야생마처럼 뿜어낸다

밤으로
밤으로 이어지는 병사여
기다림을
기다림으로 이겨내는
그 오랜 기다림의 가장자리에서
여명(黎明)의 시간을 기다리며
가족 고개의 가파른 각도를 낮추면서
마지막 열기를 뿜을 때
넘는 자만이 맞이할 수 있는 희열
그래서 열대야의 고통 끝에
어머니의 가슴 깊숙이 흐르는 사랑의 샘물을
느낄 수 있다.

흐려지며 야위어가는 조각달
구름이 반으로 쪼개며
시야에서 희미해질 때
여명의 약속을 지키면서
정말 오랜 밤길을 떠나왔다

여기 아버지의 아버지

그 아버지의 땅을 위해 또 그 아들의 땅을 위해

목에서 목숨까지 차오르며 걷고 또 걸었다

마음은 하나 되어 더욱 굳어지고

몸은 강철되어 단단해진다

구르고 채워가며 힘차게 가리라.

병영(兵營)

반짝이는 젊음의 한 모퉁이

순간 순간 속에서 영그는 삶의 염원(念願)

자아(自我)를 꽃 피우고 열매로 맺히면

차분히 쌓여가는 기다림의 철학(哲學)

개선문을 향하는 완성된 심신(心身)

님을 맞으라.

철모를 쓰면

가장 높지만

가장 귀하지만

가장 고통스럽고 위험한 곳을 자처하는

넌, 호국의 분신

유구한 역사의 탄탄대로에 우뚝 서있는

장군들의 무공

을지문덕, 강감찬, 이순신…

숱한 성웅들과 같이한

그 투구의 혼이 서렸으리라

아니, 이보다 더 소중한

이름 없이 빛도 없이

무명으로 산화한 용사의 넋이 서렸으리라

승전과 패전의 교훈이 함축되어

끊임없이 가르치는 무사의 벗

바라보면 떠오르는 격전의 현장

쓸 때마다 다짐하는 민족의 염원

눈 비 바람 찬이슬 작렬하는 태양

혼자 감수하며

수천 년을 이어온 초지일관

한반도의 방패로 성장하면서

역사의 잔흔으로

가슴 가슴속에 살아 숨 쉰다

오늘, 살 끝 에는 북풍의 칼바람

온몸으로 막아내며

밤을 지키는

넌, 호국의 파수꾼.

조국! 오직 하나

빛은 동방으로부터!

우리의 얼은 장구한 으뜸을 가지고

둥지를 틀었다.

높고 푸른 하늘 - 天

아름답고 수려한 강산 - 地

홍익정신으로 뭉친 - 人

-- 天 -- 地 -- 人 --

하나로 뭉친 백의민족이어라!

하늘을 숭배하는 으뜸가는 민족이여!

강산을 사랑하는 아름다운 마음이여!

사람을 널리 이롭게 하는 민족의 혼이여!

하나, 또 하나, 또 다른 하나들이 쌓여

역사의 주역으로 줄달음친다.

줄달음치는 육체는 줄어듦 없이

天·地·人으로 꽃 피운다

하늘(天)은 강산(地)과 사람(人)과 함께 높고 푸르르며

강산은 사람과 하늘과 함께 빛나고

사람은 하늘과 강산과 함께 완전함을 창출한다

天·地·人은 합하여

웅비에 찬 겨레의 역사를 낳는다

세계를 움직이고

우주 삼라만상의 오요한 사상을 열매 맺으며

은근과 끈기로 펼쳐나가

지구촌 구석구석에

밀물 되어 끝없이 흩어지나

그 근본은 흔들림 없는 뿌리 깊은 고목이어라

우리의 마음은 선(善)이며 태양이고

높고도 밝다.

우리는 "하나"다

끝이 없는 "하나"다

역사의 주인공으로서 "하나"일 뿐이다

영원무궁 나의 나라

무궁무진 우리나라

나의 사랑 - 우리나라

영원한 대한민국.

겨울 해안

하얀 마음

하얗게

이어지는 해안선

동장군 위엄마저

무너져 버린

하얗게 쌓여가는

하얀 시간 속에서

선-선-선 따라

나를 따라

부동(不動)의 파수꾼들.

짧지만 긴 시간

짧은 듯

긴 호흡

늘어지는 듯

움츠리는 마음

앉아있지만

걸어가려는 육체

길게 내뿜는 연기

피로와 함께

허공으로의 날갯짓

반쯤 찬 수통의 아쉬움

팔도 사나이의 환한 얼굴들

피어오르는 애기꽃

금속성 날카로운 호루라기

휴식 끝

출발 준비

일어나지만 잡아끄는 마음

마음을 당기는 완전군장

다시 기다려지는

선두정지

10분간 휴식.

연병장에서

번뜩이는

싱싱한 젊음들이 날뛴다

발산하는 정열의 땀

흥건히 괴는 인내의 열매로

님의 마음을 적시면

감동들이 되살아난다

계절의 교차를 잊어버린 오랜 세월

불변이 돋아나며

야망을 키운다

그토록 오랫동안 지켜온 땅

또 그렇게

오랫동안 지켜가야 할 땅

지켜온 것들

지켜가야 할 곳

망라된 모든 얼, 얼, 얼

뛰고 뒹굴고

어울려 하나 되어

단절된 민족의 빗장을 연다.

까치

병영은 기대를 안고 잠을 깬다

말번 초 교대를 위한 부시럭에

새벽이 달아난다

요란한 까치들의 합창

간밤에 쌓인 소식들

그리움의 식탁을 차린다

어버이 살아계실 제---건강하심 최고다

연인의 기다림---간절함이다

목구멍에 걸린 입영 전야의 대화

이별의 아쉬움이 마음에 날아들면

눈은 무거운 중량급 눈물

마음은 기다림이 주는 아쉬움

심장을 적시는 깊은 호흡

가슴에 퍼져가는 요란한 까치 합창

반가운 노래가 몸을 일으킨다

병영은 잠을 깨우며

함성과 함께 달린다.

빛

태곳적

하나로 시작하여

웅지(雄志)한 진리를 품고

무한한 대지(大地)위에 잉태한 찬란함이여

삼라만상의 근원이 되어

천(天), 지(地), 인(人)의 광명으로

오묘한 조화를 이루며 흔들림이 없구나

창연히 빛나는 자태여

고난의 수레바퀴가 빛을 가리며

어두움으로 다가서면

빛은 빛으로 더욱 빛난다

참혹한 말발굽으로 찢긴 빛

불사조 되어 빛난다

날카로운 비수로 떨어진 빛

용기 충전되어 오른다

암흑의 장막으로 덮여져 버린 빛

응집되어 일어선다

부모 형제 잃어버린 이념의 논리로

갈라져 버린 빛

아직 채 가시지 않은 허리통증에

무장되어가는 억지논리만 쌓여간다

이제,

고난의 점철(點綴)을 안고

안으로 안으로 채찍질하며 이겨낸 빛이여!

슬픔 고통은 환희로 변하고

기다림은 만남으로 이어지고

분단은 하나 되게 하여

태곳적

그 하나의 빛으로 이루며

영원에서 영원으로 줄달음친다.

팬티바람

-사관생도 시절

팬티 한 장 달랑 걸치고

양팔 벌려

다리 벌려 하늘 향해 악을 쓴다

팔 겨드랑이 사타구니 사이로

겨울밤 찬바람이 스치면

귀신 곡하는 으으으

밤공기를 타고 달빛도 으으으 떤다

뭉치면 따스하고

흩어지면 으으으

몇 번인지도 모르게

그렇게 밤이 깊어가면서

겨울이 끝났다

그 징그러운 겨울밤이.

전선의 밤

흑진주로 엉그는 밤의 전우여

볼 수 없는 흑암의 전선을

크게 보려고

크게 크게 부릅뜬다

작은 두 눈을

있으나 없어진 듯

소리 없이 인기척만 남긴 밤의 적막함

천지를 뒤덮는 흑색 물감에

한 방울 떨어진 백색의 노래를 부른다

소리 없는 큰 소리로

끝이 없는 긴 터널

무념무상의 발자국이 남긴 이 시간

할아버지의 물음표들만이
전선을 따라 무수히 쌓인다

기나긴 세월 속에서의
학-수-고-대
간절한 시간을 따라 오는 바람들이
한 줄기 여명의 빛이 되어
하나 되어 하나 되어
가슴에 뛸 때
전선의 밤은 하얀 삶이 되어
하얗게 하얗게 빛난다.

조국의 아침

여명의 정적(靜寂)을 깨뜨리고

환희교향곡 울리면

산새들도 환호하며

신단수(神壇樹)로 모이고

수목(樹木)들은 쌍수 들어

님의 아침을 밝힌다

하나이기에 소중하고

소중하기에 지켜야 하는 이 땅에

길고 긴 입맞춤한다

기도를 한다

간밤에 내려앉은

소중한 사명들을 가슴에 안고

희미해져가는 하현달을 뒤로하며

희망에 찬 새 공기를 가르며 일취월장 한다

나신(裸身)은 불뚝 불뚝 힘이 솟고

의지의 입김은 하얗게 서리며

온몸을 감싼다

님이 있기에 내가 있고

내가 뛰고 있기에 님은 무궁하리라

내가 사랑하리라

나를 사랑하리라

깊은 생각과 높은 함성이

구름을 타고 하늘에 닿아

창연한 아침 햇살을 안고 내려오면서

온 누리에 가득 찬다

낳아주시고 길러주신

님의 목소리 들리는 듯

화답의 메아리가

하늘과 땅과 해와 달과 함께 어울려

웅장한 오케스트라가 된다

오늘도 님의 아침은 무르익어간다.

밤·초소

칠흑같은 밤

밖은 너무도 조용하다

침묵의 산

고요의 강

별이 떨어지는 소리

산속 깊은 곳

메아리도 골짜기에 묻힌다

소리 없이

흔들리는 나뭇가지

순간,

긴장 일다

짧은 뒷머리칼 소름이 돋는다

초소 안과 밖

전혀 구분이 없음---혼동

머릿속 아우성

소리 없는 강한 불빛으로

쏘아대는 야전전화기

"이상 없나."

"근무 중 이상 무."

긴장이 깔린 모기 데시벨 소리

높은 산 깊은 골

밤으로 침잠하는 병영.

푸른 염원(念願)

1.

오늘도 유일하게 복대를 싸맨 채 이 자리에 이렇게
마냥 서 있어야 하는가

2.

푸르름 푸르러라 더욱 푸르러라
태곳적
깊은 삶의 태동을
가슴 깊이 안은 채 살아온
혈혈단신
우리의 늘 푸른 몸뚱아리
그 푸르름 푸르러라 더욱 푸르러라

3.

푸르지 못한 많은 대화의 쌓임

외면한 푸르름에

닫힌 문 열리지 않고 붉게 녹슬어

혼자이기를 원하는 카인의 후예들

죽음에 이르는 길에서

숨을 멈춘 채

오늘을 응시하며

잘린 허리에 부딪치는

각양각색의 통증들

실핏줄처럼 이어오며

진땀으로 끈적끈적하게 흘러온

어찌할 수 없는 참음들

깊이 팬 눈물골짜기 타고

흘러내리는 주름진 염원들

내가 나를 잊고

나를 버팀목으로 의지하며

시선(視線)만이 넘나들 수 있는

이간(離間)된 고통의 잉태

오늘도…

4.

훈풍을 갈기해 놓은

철조망을 걷어내고

끈질기게 돋아난 염원의 발아(發芽)

함께하는 식탁에서 피어오르는 살찐 대화들

그 대화로 긴장을 녹이고

차가운 복대를 풀고

분단 종막의 끝

그 마지막 끝에서

푸르름의 거름을 깊이 묻어주고서의 기다림

또 기다리는 당도(糖度) 높은 열매들

5.

하나로 된 푸른 하늘을 모두 하나 되어

끝없이 끝없이 날고 싶다.

제2부

비
무
장
지
대

비무장지대(非武裝地帶)

- 제17회 국방부 호국문예 詩부문 가작 수상작(1996) -

1. 프롤로그

오늘도

광란의 소리가 관습처럼 깔리고 있다

예부터 거친 숨결로 적셔온 역사가

십 리지간 완충지대에서

이념과 불신의 벽을 쌓아온 지 사십여 년

분명 우리 옷자락인데 낯설기만 한

아! 한 맺힌 옷고름

눈물 훔치며 자유를 향한 목마름에 옷깃 세우며

축축히 적셔온 허리띠를 움켜 잡는다

시공(時空)을 초월한 하나의 하늘아래

두 개로 남겨진 지구 막바지의 땅

전쟁은 숨고 전선은 남아

또 다른 전쟁을 찾으려는지

갈기갈기 찢긴 바람들이 철조망에 부딪치며

심한 몸살로 끝내 몸져누워 버린

침묵의 슬픈 현대사

침묵하는 대지여

굉음(轟音)이 출렁이고 바람도 부서지며

확보할 수 없는 공간 속으로

빛보다 빠르게 자리 잡은 집념의 뼈대들

뼈가 부러져 일어설 수 없더라도

기(氣)는 꺾일 수 없다는 병사의 긴급타전

여기는 더 이상 물러설 수 없는 땅.

2. 잔흔

지각변동으로 뒤틀어진 불모지대에
음산한 추억으로의 포화 상태
더 이상 견딜 수 없어
작렬하던 포탄에 쓰러지던 역사의 저편
기억조차 싫은 동족상잔의 영상

정말 미치도록 적막한 대지 위에
자리 잡지 못한 무명의 넋들
가슴에 맺힌 피멍처럼 타들어 가는 저녁노을 속에
녹이 쓸대로 쓸어버린 심장을 다시 뛰게 하려고
피투성이 된 몰골로
동해에서 서해로 서해에서 동해로
몸부림치며 뛰어다니는 수호신이 된다

이데올로기의 고통에 터져버린 철모와
기본휴대량도 못 채워 허기졌던 총검이
사지는 흩어지고 몸뚱이만 남긴 채
벌렁 누워버렸다.

구름이 햇빛을 가리고

정체불명의 풀숲이 덮어버린다 해도

찢어지고 갈라진 역사의 소용돌이는

치유될 수가 없다

다만,

다만 우리의 아들의 아들들에게

마지막 숨이 목에서 목숨까지 차오르며

두 눈을 부릅뜨고 지켜봤던 증언들과

몸서리치는 기록들을 문신으로 새겨줄 때

구멍 뚫린 철모에 희망의 싹이 자라고

총번 없는 몸뚱이에 덩굴이 타고 꽃을 피우리라

형형색색의 화사한 꽃들이 미소짓고

남북을 오가는 물고기의 유희와 산새들의 노래

풀벌레의 합창이 그림처럼 흐르는데

화공(火攻)으로 얼룩져가는 산하(山河)는

전상(戰傷)의 아픔들을 되뇌게 한다

아! 정말 진정한 자유

몸서리쳐지도록 그리운 자유

산다는 것

살고 있다는 것

존재의 감격

부서지도록 껴안고 싶은 충동

그리고 뜨거운 눈물

이런 것들로 이곳을 채울 수 없는가

이것에 채울 수는 없을까

이곳에 덮으리라

이것을 덮으리라

3. 작업장에서

오욕으로 점철된 역사를 씻으려는가

짙은 안개가 보이지 않는 끈으로 연결되어

묵직하게 움직이면

침묵으로 일관한 이 땅이

더 깊은 침묵에 잠기며

어쩔 수 없는 듯

어제의 변함없는 그 모습을 드러내고야 만다

걷히는 안개를 맞받으며

작업 차량은 거친 입김을 뿜어내면서

GP 공사장에 우리들을 토해낸다

놈들의 GP

손 벌리면 닿을 것 같은 그곳에

또 다른 주체사상을 쌓으려는가

한번 찢겨 버린 안타까움도 서러운데

사중 오중으로 엮어내는 철조망에

또 다시 찢겨야 하는 아픔을 우려하며

지난날 호되게 앓은 홍역을 생각게 한다

자유 행복 평화 오라 남으로

달리면 오 분 오라 북으로 대환영

하나의 문자 같은 목소리 앞에

이념이 다른 총구가 다가서면

분단의 아픔은 더욱 더 깊어지고

잡고 있던 야전삽이 부르르 떨린다

곡식의 물결은 사라지고

위험! 지뢰-접근금지

붉은 경고로 덮어 버린 밭에

많은 생각을 묻어버리고

한걸음 내달리고픈 충동

우리 하나로 부둥켜 안고 살자

이제 더 이상 이념의 숨박꼭질일랑 버리자

겹겹이 두른 허리띠를 풀고

진정 알몸뚱이를 보여주자

외치며 울고 싶은 심정

내 손으로 쌓아가는 방호벽을

가슴으로 마구 무너뜨리며

안으로 안으로 채찍질한다.

4. 팻말을 보며

분단한게 지점에 서서

사상(思想)의 장벽이 무너지기만을 기다리며

묵묵히 박혀서

누구의 칼로 그어댔는지

누구의 총으로 갈랐는지 고뇌하며

평화를 갈망하다 지쳐

서 있을 기력조차 상실해가며

누렇게 떠버린 모국어 - 군사분계선

막 피어 오르던 푸른 생명을

여지없이 무너뜨리며

형제의 가슴에 녹슨 팻말을 안겨주며

형은 남으로 동생은 북으로 사라지고

다시 만나지 못하는 통곡의 그림자를

못내 아쉬움으로만 지켜보며

심한 가슴앓이로 야위어 가고 있다.

땅따먹기에 정신 팔려

저녁 먹으라는 말도 잊어버린 아이들처럼

정신없이 말뚝 박아 갈라놓은 선

선, 선은 어디 있는가

보이지 않는 선

볼 수 없는 선을 앞에 두고

잠시 악몽의 총칼을 내리고 땀을 식히면

붉은 이념으로 수놓은

구겨진 역사가 바람에 날리고

왕왕 울려대는 억지 논리에

산새들도 울기를 그치며

인동(忍冬)의 세월을 넘어

봄을 기다리는 꽃들마저

꽃 피기를 주저한다

이웃집처럼 오고 갈 수 없는 이 땅의 상처들

대화마저 넘지 못한다면

갈등으로 퇴적된 벌판을 갈아엎을 쟁기는

끝내 컴컴한 창고 속에서 나올 수 없다.

얼굴은 같으나 머리가 다른 그들

무슨 생각을 갖고 이곳까지 왔는가

숨조차 쉬기 어려운

반복된 이데올로기의 논리를

체념으로 받아들이며

감정 없는 마른 얼굴에 표정조차 없이

명령만 기다리는 로봇인가

차라리 이방인이었으면 하는 생각이

풀 수 없는 매듭이 되어 팻말을 감싼다

임무를 완수한 모국어를 북으로 버리고

새롭게 단장된 언어로

다시 이 자리를 지키며

누가 보아주지 않는다 해도

아무도 찾아와 주지 않는다 해도

강인한 집념으로 버티어 서서

휴전선에 걸리지 않는

철새들의 정거장이 되어

때로는 북으로 때로는 남으로

통일의 씨앗을 안겨 주리라.

5. 야간작전

어둠이 어둠 속에 잠긴 밤

손을 눈앞에서 움직여도

전혀 보이지 않을 만큼

암흑 속에 우리는 파묻히고 말았다

오늘의 임무가 내려진 K 지점을

어제와 다른 각오로 점령하고

등을 맞댄 노천매복으로 새벽을 맞을 것이다

동서로 가로 누워버린 비무장지대

돌이킬 수 없는 시간과

빛바랜 추억마저 사라지고

소리 없는 전쟁이 지속되는 오늘도

여과되지 않은 대남방송의 지리한 잡음이

더욱 광기를 부리며 새벽을 깨우더라도

우리 주위에 가라앉은 정적은

한 치도 벗어나지 못할 것이다

무전기 스위치마저 정적에 눌려

죽음마저 숨을 죽인다

이상 유무… 죽음 셋, 이상없음… 죽음 둘

가벼운 죽음이 주는 안도감

우리는 혼자가 아님을 느끼며

흐뭇함의 열기가 맞댄 등을 타고

전투화 끝에 머문다

바람만 스쳐도 날카로운 신경이 솟아나고

야행성 동물의 바스락에

접촉된 몸에 전율이 일고

눈초리에 번개가 일면

방아쇠마저도 긴장하며 손가락을 찾는다

졸음도 다가서지 못하는 긴장이 계속된다

만일 놈들이 스며든다면

오관(五官)에 최대주파수를 맞춘 총구가

불을 뿜을 것이고

그러면 대남방송은 멎고

하늘에서는 별빛이 무더기로 쏟아지리라

어둠을

어둠으로 이겨내는

그 오랜 어두움의 가장자리에서

여명을 기다리면

남방한계선을 따라 환히 밝힌

자유대한의 희망 등은

한 발자국도 내딛지 못하는 민족의 서글픔을 안고

평화로 위장한 암흑의 북방한계선으로

일순 달려가 희망의 빛을 뿌리고 있다

새벽 찬 이슬이 빛을 발하면

물안개 피어오르는 통문에 선다

철거덕, 이상 무!

철거덕, 이상 무!

파수꾼의 이상 없음을 고백하는 성스러운 의식을 마치고

새로운 임무가 내려질 밤을 기다리며

총검에 힘을 준다.

6. 마음과 마음 사이

아름답다 아름답다

자매GP에 올라 북쪽을 바라보던

꼬마들의 입은 아름다운 연발총이다

울긋불긋 찬란한 양탄자를 깔아놓은 벌판

산과 산이 겹친 골짜기마다

누군가 뛰어나와 반길 것 같은 은근함

하얀 꽃이 덮인 언덕 밑에서

시골 교회 종소리가 들려 올 것만 같은 포근함

야, 노루다! 노루

노루를 보며 외치는 우리들의 눈은

생명을 봤다는 커다란 감격에 젖어있다

삶이 존재한다는 거룩함과

살아 숨 쉬는 대지가 있다는 행복감에

총소리는 잠시 멎었어도

조물주의 사랑이 있음을 느낀다

에이, 얼굴 똑같네

이방인으로 생각했던 꼬마들한테는

적이 아니라 옆집 아저씨였다

"인민군 아저씨, 안녕하세요." 귀여운 대북 방송에

"야, 간지럽다."와 함께 설명할 수 없는

단어들이 난무한다

엄마 뒤로 숨어버리는 아이 얼굴에

통일의 어둔 그림자가 스쳐간다

아! 이 땅. 이곳

아픈 현실들이 역사의 책갈피에서 빠져 나온다

이제 아픔을 덮었으면 -

싸웠던 일이 있더라도

마음과 마음 사이에서 갈등이 있더라도

눈을 마주치며 입을 열어야 한다
얼굴을 마주 대고 침을 튀겨가며 이야기를 하다 보면
언젠가 마음으로 통하는 문이
빠끔히 열릴 것이다

마음과 마음 사이에서
체온을 느끼지 못하고
돌아서는 길이지만
가느다란 기대를 갖고 일어서 있는 자유가
눈앞에서 아른거린다
어릴 적 군인을 좋아하던 소년이
꿈을 이루어
사명감을 안고 첫발 내디딘 곳에서
철부지 아이들에게
자유라는 단어 하나 안겨준 것만도 다행이다
환상을 버리고 피부에 닿는 노력으로
조바심을 없애고 굳은 심지(心志)로
통일을 위해 한 발 한 발 나가야 한다
이곳에 통일역 개찰구가 열릴 때까지

7. 에필로그

하얀 밤을 보낸 김 상병의 푸석푸석한 얼굴을 취침실로
보내면서
주간관측 임무를 시작하면 어김없이 남침하는 검은
독수리가
관측일지를 더럽힌다
침 묻히며 넘겨지는 일지에 숨어있는 찢긴 대학노트
한 귀퉁이에 적힌 오행시가 각오를 새롭게 한다.

비무장지대
무장하려는
장황한 논리
지금 놈들의 속셈
대남 적화통일

거기, 어디인가

거기, 누가 소리치는가
강 건너 침묵이 침잠(沈潛)하는 곳에
따스한 시선이 닿으면
어찌할 수 없는 아우성의 몸부림
망원경 속으로 메아리친다

거기, 누가 움직이는가
상상력마저도 부동항에 머물고
구멍 난 검정 발자국은 나침반을 잃고
옷깃 없는 대화가 떨고 있으면
마른 눈물만 꿈틀댄다

거기, 누가 살아가는가
태고의 전설이 뿌리 깊은 나무 되어

홍망성쇠로 맺힌 열매들
백의(白衣)의 춤에서
언어의 노래까지 같은데
생각 다른 년
또 다른 꿈을 꾼다

거기, 누가 일어서는가
찬바람 스며든 어깨 반으로 줄고
허기진 품속에서 나온 식은 불빛들
보이지 않는 길 밝히면
구부러진 허리 부르르 떤다

거기, 누가 다가오는가
북국(北國) 험한 고난의 길을 택한 운명들
낯선 벌판에 알몸 던져

식어가는 불빛 되살리며

엄마 젖가슴

그 살냄새를 찾아간다

우주의 한 점

보잘것없는 붉은 미세한 점 하나

땅 아닌 땅, 피 아닌 피

진정

거기, 어디인가

전쟁(戰爭) 1

창조는 전쟁의 서곡인가

뱀과의 전쟁

약속 깨뜨린 불순종 타협 그리고 저주

그래서 선택된 피 흘리는 정치의 실종들

평화를 바란다면 전쟁을 이해하라 했던가

20세기 전쟁이 없었던 기간 - 겨우 3주

정당한 전쟁은 결국 없는데

대의명분이란 그럴듯한 포장 속에서

속고 속이고 부수고 죽이고 죽는 지옥의 정글

희망 꺾어 버리는 절망의 모자이크들

울부짖는 세계의 한 목소리

NO WAR, NO WAR, NO WAR

노여워 노여워 노여워 하면서

결국 선택된 전쟁은

종말에 이르는 준비된 창조의 서곡인가.

전쟁(戰爭) 2

그 시작은

창조 시대에 기쁨의 동산 한구석에서

대화의 갈등으로부터 시작되고 있었다

갈등은 앙금이 되어

대화를 깨고 다툼을 잉태하고 말았다

진자는 이긴 자에게

생각까지도 넘겨주고 떠나야 했다

사상의 갈등으로 무장되었던

창과 방패는

시간과 공간을 넘나들며

최첨단 명령을 타고 다니면서

이념을 부추기며

대량살상이라는 진화된 모습으로 다가왔다

끊임없이 분쟁을 만들어 내는 지구촌

언제나 최악의 결과만을 안고서

욕심을 따라 이동하고 있다

살기 위한 몸부림

고도의 억제전략은 과욕을 부르며

피와 살을 요구하고 있다

최첨단 무기 개발, 영토 보존을 넘어 확충, 감정의 분출

정치적 흥정이 주는 결과는

목에서 목숨까지 달라고 한다

뺏고 빼앗기며 엎치락뒤치락

이념, 사상, 동족, 피, 형제

뒤엉켜 아수라장

윤리, 질서, 정의, 진실, 의리, 눈물

모두 사라지고

폐허, 가난, 공황, 이별, 비애

덮어 놓더라도

꽃 피우지 못한 죽음은 무엇으로

열매 맺게 할 수 있는가

살아남을 자만을 위한 잔혹한 정치적 투쟁

마지막 남은 자들의 함성

조국을 환호하는 진지(陣地)에서는

죽음의 숨소리들이 깔려 있다

또 다시 총은 긴장하나

총알은 살점을 파고들어

정지된 세포가 만들어 낸 결과보고서가

다음 공격명령 대기를 내리면

또 다른 긴장을 삼키고 있다

피어보지 못한 청춘이 슬픈 골짜기에서

어머니를 부르며 서서히 식어갈 때

조국은 몸부림치며 흐르는 피 눈물 땀을

숭고히 받아들이며

고뇌 속에 울음을 삼킨다

동족보다 더 가까운 형제지간에도

너무도 깊고 넓었던

이념(理念)의 강(江)은

우리의 꿈과 희망으로 되살아나고 있다.

여기

일촉즉발의 위험성을 간직한 분단 막바지의 땅

전쟁은 잠시 멈췄지만

전선은 남아

아직도 갈등은 한랭전선에서 긴장하고 있다

평화를 바란다면 전쟁을 준비하라고 했던가

준비하는 자에게만 주어지는 평화

준비된 자만 누릴 수 있는 통일

싸우지 않고 이길 수 있는 전략

有-備-無-患

염원(念願)!

아, 전쟁

너, 이제 평화의 뒤로 영원히 사라져라

오직,

전쟁의 역사 속에서만

교훈의 빛으로 나타나기를.

호국의 길

1. 허물을 벗고서

스물 몇 해의 철없던 바람이 멈춘 길모퉁이
공상 볼기치던 녀석들의 웃음소리는
새된 목소리로 변하여 귓가에 맴돌고
겨끔내기로 말타기하던 등에는
눈물 머금은 찬 이슬의 결정체가
어른거리며 반짝인다
돌아서는 발길에
부산하게 소리 나는 스란치마의 펄럭거림은
젖 떼는 아가의 끝없는 보챔을 달래는
모정의 안타까움

이제, 앞을 보자 그리고 뛰자
새로운 젊음의 잉태를 위해

자아를 던지자

아집을 묻자

고통을 모르는 육체에는

자율신경의 숨소리가 멈추고

용광로 되어 타오르는 육체에서

신사고(新思考)를 창출한다

낮은 포복 속에서 피어오르는 높은 상념

변화의 길이다

터질 것 같은 심장이 목숨을 건진다

젊음을 불사르며 나를 불태우며

정화되지 않은 꺼풀들을

하나씩 벗기면서

時, 分, 秒의 자취를 따라

달음박질한다

어설프던 투구가 자리를 잡아가고

움켜쥔 신념의 창이

마음을 평정할 줄이야

내가 누구인가

내가 나를 모르도록

거울은 이방인을 맞이한다

가을에 꽃가루 날리고

완성된 육체는

봄의 환희를 맞는다.

2. 용사와 더불어

젊음아

지금 서 있는 자리는 어디이며

누구의 상념을 만나는가

철저히 무장된

비무장지대의 냉혹한 얼음 바람을 깨뜨리며

꽃다운 꽃을 피우기 위해

어찌할 수 없는 아픔을 견디며

고뇌로 꽉 짜여진 철조망을 따라

뜨거운 시선을 자꾸만 토해낸다

죽음과 삶이 어우러진 이곳에서

고난의 아버지들이 쏟아놓은

많은 상흔을 만지며

또 다른 판도라 상자의 안타까움을 만난다

총칼의 금속성 소리보다 예리하고

냉엄한 침묵이 흐르는

가파른 갈등의 계곡에서

배반된 역사의 싹은 자꾸만 커가는데

가슴속 깊이 가라앉은 슬픔의 샘물에는

다시 퍼 올리기만을 기다리는 두레박이

숨죽여 눈물 흘린다

상처투성이뿐인 온몸에

허리는 없고

한 가닥의 모세혈관이 남아

보이지 않는 깊은 곳에서

차디찬 흐느낌으로

노모(老母)의 푹 팬 주름살에 경련을 일으킨다

아! 이름 모를 산하의 외침은

고요뿐

젊음아

이대로 주저앉아 있을 수 없다

주저앉아 슬퍼할 시간이 없다

악몽의 침을 삼키고

어지러운 두 발에 힘을 주어

잊혀가는 육체에 얼을 심으며

신뢰로 다져진 철책을 박으며

철저히 무장되어 가자

용서할 수 있을는지는 모르지만

결단코 잊어 버릴 수 없는

역사의 시간을 자꾸 넘기며

녹슨 쇠사슬을 끊고

비둘기 날갯짓으로 가슴깊이 안아온

이 땅에 주인일 수밖에 없는

자유, 평화, 민주여!

검붉음으로 무장할 수밖에 없는 진달래의 염원

짙푸름으로 단련된 용사의 심장

찬란함으로 단장된 무명고지의 침묵

은백색으로 채색되기를 바라는 육체의 순결함이

숨 쉬는 이곳에서

까치와 비둘기를 키우며

이국(異國) 사나이들의 정열의 피가 마르지 않게

긴장에 인내를 수놓은

두루마기를 입고

모두 모두 모두 다 하나가 되어

꺼풀을 벗는 아픔을 딛고

탈바꿈의 수레바퀴를 밀고 당기며

언제나 새날처럼

앞으로

앞으로

3. 사랑하는 아내의 길

어느 날 우연히 누렇게 퇴색되어버린, 찢어질 것 같은 편지 위에

무거운 짐을 가슴에 안고, 조그마한 몸짓으로 산을 깎고 바위를

깨뜨리며 뚫어놓은 탄탄대로를 보았다.

망각되어 버린 시간을 되찾고 보니 그 대로(大路)에 아내가 서 있었다.

아내가 말한다. 가슴에 새겨진 호국의 길을…

미지(未知)의 길

이제 그 길을 걸으려 한다

신발을 새것으로 준비하고

짐도 다시 챙기고 신발을 신으려 한다

보이지 않는 마력에 의해 길을 떠난다

높은 하늘과 풍요로운 들판을 보며

두 마음은 한 마음되어 달린다

달리는 마음은

사랑과 두려움과 의혹이 어울려 떨어지는

거대한 폭포가 된다

곧게 뻗은 길에는

흰 비둘기가 날고

싱그러운 월계수가 자란다

아!

사랑하는 이의 조국이여!
나의 조국이여!

이내 험준한 산길을 오른다
땀은 방울 되어 떨어지고
온몸은 용광로 되어 타오른다
두 마음 하나 되어
할아버지의 땅을 뜨겁게 사랑한다
빛나는 옥토로 가꾸어 간다

우리의 마음을 뒤흔드는
폭음과 괴성에 삶은 어우러지고
증오와 괴성은 큰 마당에서 울려 퍼진다
아!
카인의 후예들이여!
멸망의 길로 인도하도다

마음은 더욱 굳어지고
몸은 강철처럼 단단해진다
높든지 낮든지 깊든지 얕든지
구르며 채워가며 힘차게 가리라

조국

사랑하는 만큼

사랑하는 사람과

사랑하는 사람만큼

사랑하는 이 길을

사랑하며 걸으리라.

4. 진격의 합창

님이여 부르소서

숨돌릴 틈 없이 달려와

고난과 역경의 가시덤불을 헤치고

내면의 세계를 키우며

자기 구도의 월계수를

하늘, 땅, 바다에 뿌리내리고

다 함께, 주인으로, 전투 위주로 진격하는

파수꾼의 노래가 가득하다

불타오르는 사랑과

뜨거운 우정으로 버무려진 열매를

가슴과 가슴속에 깊이 흐르는

삶의 여유에 씻고 씻으며

두 갈래로 땋아 내린

할멈의 눈물의 염원을 하나로 묶어

고이고이 간직하고자

희망의 창을 들고

앞장서는 용사가 된다

맥박이 멈추는 순간까지

돌 하나 풀 한 포기까지 부둥켜 안으며

끝까지 지켜온 할아범 사랑

그 사랑의 미소가 만발한 강산에

향기의 꽃 피우기 위해

피 끓는 마음으로

모두가 용해되어

선봉의 흑마를 타고

준령을 넘는 전사가 된다

태곳적부터 내려온 선열들의 땀이

깊이 깊이 스미어

웅지한 민족의 강으로 거슬러 오르는

조국의 아들들

또 그 아들들의 삶에 흐른다
도도히 흐르는 강물에 몸을 던져
줄기차게 달리는 투사가 된다.

님이여 달리소서
옛날, 그 고통의 땅이 아닌
오늘, 이 분단의 땅이 아닌
앞으로
앞으로 될 수밖에 없는
저 환희의 땅을 위해
벅찬 숨을 내쉬어야 한다
그래서 먼 훗날
검은 머리 희끗희끗할 때
병촌(兵村)의 보람찬 회억(回憶)을 더듬으며
더불어 노래하자꾸나

『우리가 가는 이 길은 백두산까지 뻗었다
백두산 구경을 하러가자』

여기에서

그래,

날개를 달자

아니,

차라리

숨을 죽이며

안으로 안으로 아우성을 외치자

시간이 흐르는 삶의 계곡에

내가 나를 버리고

모두를 잊고

자꾸 외면하는 낯으로

떠나가 버리면

차디찬 심장의 고동은

대화를 상실한 채

미로의 모세혈관을 따라

마지막 정거장에서

가쁜 숨을 토해내며

바람을 타고

포근한 가을 역을 붉게 물들인다

우리

삶을 다시 시작한다

여기에서.

뜨거운 가슴으로

원치 않았던 현실 속에서

갈라진 모습으로 창출된

슬픈 그림자들

정신을 가다듬을 수 없는 혼란함 속에

거친 숨결과 음흉한 몸짓으로 다가올 때

자아상실의 막다른 골목

흙담벽에 기대어

무너져가는 허공을 응시한다

서른여섯 해의 갈망이 마르기도 전에

소용돌이치는 이데올로기의 망상(妄想)

같은 모습 같은 핏줄인데도 주고 받을 수 없는 인정(人
情)

눈물 흘러 땟자국만 남기고

말라버린 몰골에

오르내리며 부딪치는 민초들만이

그래도 깊은 호흡을 느낀다

바람도 머물어 잠시 뒤돌아보다

한숨 쉬며 넘나드는 삼중 사중의 가시덤불

정치 논리에 지쳐버려 나가떨어진

쇠말뚝의 동맥경화

누가 누구를 위한 누구의 것인가

차라리 인연을 끊고 뒤돌아 살고 싶건만

모세혈관을 타고

어찌할 수 없는

끊을 수 없는

그 무엇무엇 무엇들 때문에

끌며 버티며

끈질긴 악연의 고리에 매달려
힘줄 부르트고 발버둥치며
악물고 견뎌온 시간 시간들, 그리고
세월 세월들

굶주려 허연 몰골로 쇠퇴해 가면서도
총과 칼에 고도의 억지 전략을 담아
더 많이 얻어내려는 거지 근성으로
몸부림치는 고집
칼을 들고 허기를 채우려는구나
총을 들고 생각을 잠재우려는구나

강요에 의해 두 동강이 났지만
어쨌든 하나일 수밖에 없는
우리네들인데
화합의 강물은 어디서
합쳐지려는 것일까

공포에 억눌린 얼굴이 지워지지 않는다
배고픔보다 무서운 공포가

생활속 가운데 무겁게 짓누른다

　가-엾-다
　　슬-프-다
　　　안-타-깝-다

부둥켜 안고서 원(願)없이 울고싶다
한(恨) 없이 울고 싶다. 오직
뜨거운 가슴으로.

얼(魂)

수(數)만년(萬年)

불변(不變)의 영속성(永速成)

백의(白衣), 홍익(弘益), 무궁(無窮), 근면(勤勉), 단결(團結)

상무(尙武), 신앙(信仰), 충(忠), 의(義), 효(孝), 애(愛)…

숨결 그리고 진한 피(血)

만주(滿州)벌판의 태동(胎動)부터 탐라의 예술(藝術)까지

창공(蒼空)의 창조부터 심해(深海)의 사상(思想)까지

그리고 오늘 이 시간

이 자리까지

나 너 우리

굳건히 서 있는

육체의 맥(脈)

힘차게

벅차게

때로 거칠게

살아 움직이며

사고(思考)하는 행동으로

영원에서 영원으로

줄달음친다

통일(統一)

이제,

우리의 한마음 작업을

마무리하면서

새로운 장(場)을 열어

통일의 금자탑을 쌓아간다

태초(太初)로부터

하나의 사상(思想)으로

하나의 길을 향한 우리들

가슴 가장 깊숙한 곳에서의 생각

반쪽뿐인 가슴들이

크게 심호흡하며 융화(融和)되어

통일(統一)의 정원(庭園)에 가득 채운다

어우러져

끊을 수 없는

한韓 - 맥박脈搏

이어져 내려오며

통일로 성숙된 한 마당에

새로운 세계를 창출創出하며

통일!

꽃 피우리라

열매 맺으리라.

노병(老兵) 상념(想念)

1.

양지바른 담 밑의 담쟁이 덩굴 아래
노병의 소리가 피어오른다
애야,
꿈의 메아리가 아니라
살아 펄떡거리는 노안老眼의 눈물 이야기일게다

2.

태고의 수레바퀴는
심오한 소리를 내며 다가온다
빛은 동방으로부터 발發하여
인간을 널리 이롭게 하는

무한한 "하나"의 세계를 창출하고
웅비의 날갯짓하며
흰 비둘기로
가슴 깊이 안아 내려온 나의 님이여!

3.

꿈을 부수며 들려오는
여명의 軌道소리에
몸을 뒤틀고
일어서려다 쓰러지고
쓰러져 다시 일어서는
고뇌의 몸짓이어라
누가 마음을 누르는가

누가 님을 밀어내는가

붉은 피로 젖은 님의 소리는
바다를 향해 갈매기를 부르며
육지의 끝으로 달린다
아! 지옥의 사자들이여
천국의 외침을 잊었는가

허기진 산하는 굽어가고
깊은 주름 골짜기는 메말라가며
소리 없는 아우성들이
귓전을 때린다
"배고파 지은 밥은 뉘도 많고 돌도 많소. 뉘 많고 돌 많
은것은 님 없는 탓이란다"
님이여 깨소서
깨어나소서

4.

살수의 환호와

평양성의 환호성과

노량해전의 환한 함성이

어울려 하나 이뤄

맥박은 뛰고

심장은 미소를 짓고

심신(心身)은 뻗어나가며

님을 향한 그리움으로 달린다

달리는 몸짓과 부딪치는 숨결에

산도 기뻐 울고 강도 기뻐 울고

모두가 기쁨에 젖어 울고 울어

희열(喜悅)의 강을 이룬다

순간,

강 건너 멈추어진 시계로

오르내리는 발열(發熱)과

고통과 분노에

돌아눕는 산하는 목메어 흐느낀다

허리춤에서 꺼내 본
아버지의 목소리는
님이여 오르소서
강 건너 오르소서
쉼 없이 오르소서

5.

돌아온 산하는
아우성에 잠길 뿐
토막 난 고기의 펄떡거림에
몸짓은 울고
심장은 헐떡인다

-- 이름 모를 산하의 외침은 고요뿐--

양지바른 담 밑의 담쟁이 덩굴 아래
끝없이 피어오르는 상념(想念)

노안(老眼)의 눈물이 마음에 잠긴다

눈물 속에 빛나는 "님"의 미소에

노병은 죽지 않고

오직

상념(想念)에 깊이 잠길 뿐.

영원하라!
배움. 행함, 승리의 빛이여!

-육군종합행정학교에서-

발하라!

학문의 섬광(閃光)

산성山城을 휘감아 도는 학구열

호국의 배움터가

여명의 빛을 발하면

굳건히 서 있는 이 자리에서

배우고 익히면

또한 즐겁지 아니한가

남성(南城)의 열정(熱情) 열정(熱情) 열정(熱情)아!

나를 돌아보고

너를 찾아

우리를 만들어

벅찬 삶의 상아탑을 쌓으면서
배 - 우 - 자

끊임없이
치달아 오르는
행함의 열기
그 뜨거움으로 미래의 창을 연다

남성(南城)의 젊음 젊음 젊음아!
사명의 임지(任地)
그 어느 곳에서나
내가 나를 담금질하면서
행 - 하 - 자

환하라

배우고 익히면 나타나는 이김으로

늘 외치던 음율을 따라

이 함성

심장의 더운 피 식을 때까지

즐거이 이 강산 노래 부르자

남성(南城)의 호국(護國) 호국(護國) 호국(護國)아!

아버지의 아버지들의 한이 서린

아들의 아들들에게 물려줄 수 없는

녹슬고 차디찬

염원의 가시철조망을 걷어내고

전진 전진하면서

이 - 기 -- 자.

제3부

염원, 가득 채워진

염원念願, 가득 채워진

– 96 국방일보 詩부문 가작 수상작 –

아침의 나라가 주는 태양의 신선함

기나긴 밤, 하얀 슬픔을 덮고 일어선

간절한 바람들이 포옹한다

지난날

어둠이 길었던 것은

잃은 빛을 함성으로 승화시키기 위한

몸부림, 그러나

이내 불어닥친 회오리바람이었구나

원치 않는 홍정으로

옆구리 상처가

아픔을 토로(吐露)하고 있다

억압 속에서 피었다 저버린 이름들이여

영혼 위해 넋 잃고 맞이한

깊고 깊은 또 하나의 갈등

광명을 입었어도

자유 위해 방랑의 길로 헤맸으니

역사의 갈피 갈피 속에서 잠들 때

잃어진 하나의 빛이 다시 살아

오! 눈부신 아침이여!

장하다! 조국의 아들이여!

– 일사회, 임관 25주년을 축하하며 –

장하다! 이 땅의 사나이들

조국의 아들이여!

약관의 깃발 높이 들고 강렬한 태양과 혹한 이기며

온몸 던져 이루어낸 조국의 빛 - 다이아몬드

긴장과 각오로 무장되어진 비무장지대에서

고요와 적막, 소름이 물결치는 해안에서

아름다운 조국의 영공에서 그리고

방방곡곡에서

나를 던지고 이루어낸 조국사랑 25년

거친 숨 토해내며 끈질긴 생명력으로

민족의 선구자 되어 최전방 가장자리의 끝에서

조국 수호 이상 없음! 힘차게 외친다

여유와 행복, 가족과 아이사랑은 화물차에 실려

명령에 따라 오르내리길 수십여 회

고통과 눈물과 아픔도 잊고 앞으로만 내달리며

고귀한 청춘의 정열 쏟아 이루어낸 조국 수호 25년

그대들이 있기에 조국이 있고

조국이 있기에 또한 우리가 있지 않은가

오늘이 있지 않은가

이제 흘러간 시간은 되돌릴 수 없을지라도

흘러간 추억은 되살릴 수 없고

옛 모습 그대로 볼 수는 없을지라도

성숙한 전우애는 느낄 수 있으리라

최전선에서 생활의 터전에서

각자 일터에서 하는 일은 달라도

또한 먼저 육신이 하늘나라에 있을지라도

오늘 우리와 함께 만나면 스며드는 살냄새 땀 냄새

영원히 살아 숨 쉬는 사나이들의 우정

그 혈맥 25년

장하다! 이 땅의 사나이들

조국의 아들이여!

우리의 아들의 아들 또 그 아들들에게

영원에서 영원으로

하나 되어 이어가자.

봄

와! 봄이다

따스함이 포근히 스며든다

난 어제

숨어버린 시간 속에서

적셔진 이부자리가 남긴 얼룩을 보며

뒤틀어진 눈물을 짜내고

잊힌 그림자들을 찾아내

차가운 볕에 말린다

검고 칙칙한 냉냉함을 털어내고

가물대는 따스함을 잡아챈다

오늘 우린

살아있기에 하나로 흐르는

강력한 주파수를 만난다

가슴으로 흐르는 사랑의 볼륨을 높이며

형형색색의 선율을 따라 흐르는

굵은 땀방울에 따스함을 채워본다

지금

새봄이 오는 순간

봄볕을 향해 움트는 따스한

통일의 새싹을 열어본다.

50년의 한恨

육신을 넘어 생각까지도 갈라놓은

이데올로기의 총성이 멈춘 지

오십여 년

한 세기의 절반에 스며든 절규는

국경 아닌 국경 그 철조망에 걸린 채

전진도 후퇴도 잃고

쟁쟁히 가슴속에 사무친다

발아래 잠든 호국의 넋들의 한恨이여

발로 뛰어 몇 걸음이면 몇 분이면 갈 수 있으련만

오랜 세월 가로막고 있는 무지(無知)앞에

십 년 강산 다섯 번 바뀌어도 오직 침묵뿐

주적(主敵)개념 벗고서 우리 품에 안길 그 때 언젠가

연연(連延)히 이어갈 새 천년 통일조국을 기다린다.

희망

번쩍 두 손 올려

품에 안긴다

피로를 귀염으로 풀게하는

녀석의 살이 보드랍다

쏟아지는 조잘조잘과 뺨에 꽂히는 쪼~옥

떨어질 수 없는 포옹은

가슴 가득 사랑의 꽃을 피운다

오리고 접고 잘라서 만든 꽃과 나비가

방 안 가득 날아다니며

웰컴 아빠~!

발끝에서 전해지는 따스한 행복

발을 씻기는 작은 손이 앙증스럽다

그칠 줄 모르는 조잘조잘에

온몸은 깊은 안락에 잠긴다

아빠,

『특보, 미 이라크 침공 15일째

공포에 눌린 어린아이의 절규 』

놀라움에 깬 실상

딸아이가 날리는 종이 비둘기에서

평화의 희망을 가져본다.

이 땅에 빛으로 오신 님이여!

오늘도

영령(英靈)들의 침묵이

뜨거운 교훈 되어 가슴속에 흐르고 있다

일찍이

빛으로 하나 되어

꿈과 얼이 담긴 그대로

묵묵히 걸어온 길고 긴 호국의 시간들 속에서

결코 잃어버릴 수 없는 진통을 앓으며

홀로 서야만 된다는 집념과

영혼의 뜨거운 맥박을

아들의 아들들에게 끊임없이 보내려는

숭고한 몸짓이었다

남의 나라 땅

낯선 벌판

이름 모를 계곡에서

계절의 감각도 고향도 혈육도 잊은 채

어디서 어떻게 되었는지 모르지만

분명,

반만년 흰옷의 계보를

온몸으로 감싸 안으며

뒹굴고 엎어지며 뒹굴다 쓰러지며

결코 비겁함 없이

혼과 맥으로 고난을 이기며

잃어버린 세포들을 되살리기 위해 애쓰던

그 거친 호흡들은

군번도 훈장도 무덤도 없었다

긴장된 이 땅

피 묻은 산하를

눈물로만 씻어서는 안 된다는

강한 의지를 심장 속에 박고서

지구촌 구석구석에 뼈아픈 발자국을 새기며

무궁화 꽃잎 꽃잎 뿌리면서

우리는 우리가 할 수 있는

역사의 책갈피 속에 세워야 한다는

소명감으로 외치고 외치다

심장 터져 어둠 속에서 식어간 숨결을

우리 모두의 심장 속에 모아야 한다

지금도

그 숨결은

끊임없이 살아 흐르고

너무도 고귀한 죽음은

머리 숙여 가슴으로 맞이해야 하며

차가웠던 치욕의 그림자들은

우리의 거울로 돌아보면서

영원한 꽃의 함성으로 하나 되어

만세 만세 만만세

통일의 터전 위에서

그 빛 되사르리라

이 땅에 빛으로 오신 님들이여!

빛나리라

영원히 빛나리라.

대화對話

수십여 년 동안 우리의 대화는

허공에 매달려 온 짜증이었다

끊어진 철길 위에

한 맺힌 단어들이 탈선하고

입천장에서 녹슬어 버린 망향탑은

굳어진 헛바닥 위에 무너지며 푸른곰팡이를 남긴다

입을 벌리기 위한 몸부림에

누더기가 되어버린 내의(內衣), 그 꿰멘 사이로

또 다른 입을 열면

부딪치는 입술의 거부반응으로

심한 알레르기 증상이

온몸을 떨게 하고

겉옷마저 벗으라고 떼쓴다

마주할수록

답답하기만 한 가슴을 열어

한 걸음 내딛고

손끝 잡으면

억지 춘향을 만난다

겨우 두 걸음 내디디면

억보가 나타나 억설(臆設)난무, 어지러움

차라리 로봇을 만날까, 꽉 찬 생각

막힌 담 허물어 일어서려는데

또 다른 막힌 담이 가로막는다

목소리는 하강곡선

눈동자는 평행선

오기(傲氣)는 상승곡선, 발동한다

두드리고 또 두드리고

허물고 또 허물며

반복되는 이데올로기 싸움에

바늘귀보다 더 작은 창구 앞에서

속삭이는 주둥이를 본다

옳거니, 잘 됐다

시원하게 뚫어진 쇠파이프

비집고 휘저어

딱 벌어진 아가리 만들어

속 시원하게 이야기 나눠보자

부둥켜안고 뒹굴고

흉금을 털고 부딪쳐가며 그동안

이념과 불신으로 닫혔던

가슴을 열고

하나 되는 데 주저함 없이

속 시원한 이야기로부터

자! 다시! 시작!

아버지의 소원

육신의 절반은 망각의 시간 속에서

이산(離散)이 뿌려놓은 고통의 가루 날리며

오열(嗚咽)을 안고 분노 되어 치솟는다

한바탕 치러진 이념의 소용돌이는

국적 혼돈의 비무장지대에서

전혀 다른 생각과 행동에 묻혀

쟁점(爭點)들만 쌓아 놓은 채

발아(發芽)하기 원하는 통일의 싹은 키우지도 못하고

발아래 잠드시어 묻고 계시건만

오늘도 쌓이기만 하는 물음표

십 년 강산 변하기를 손꼽아 다섯 번

주야장천(晝夜長川) 변함없이 기다려온 당신의 염원

연모(戀慕)의 정 푹 젖은 고향 땅에 언제 눕노.

땅따먹기

가위바위보

쉽게 결정된 이편 저쪽

땅은 하나인데 몸은 둘이고

하늘도 하나인데 생각도 나뉘어

조각난 돌 톡톡 튀기고

한 뼘 얻어가며 땅을 넓혀가면

죽기만을 기다리는 적 아닌 적

시~간~흘~러

다섯 시간이 오십 년같이

오십 년이 다섯 시간처럼 흐르더니

저녁놀

밥 먹어라 엄마 목소리

반가워 갈라진 땅바닥 지우고

툭툭 털고 일어설 때

하나로 뭉쳐진 조국을 본다.

이 길로 가면

침묵의 길

인적이 드문

아니 전혀 감각이 없는

무장된 비무장의 길

갈 수는 없지만

바라볼 수 있다는 안도감

뭇짐승들의 낙원

살아 있다는 것만으로도 행복한

길섶 이름 모를 풀 벌레 돌…

길에 뿌려진 씨앗

더 자랄 수 없다는 진리를 모르는가

진리가 숨 쉬지 못하는 길
영혼의 광시곡이 울린다

우리의 피붙이
붉은 자수로 수놓은
이 길로 가면
끌려간 유명 인사의 피 묻은 발을 볼 수 있으리라
납치된 어부들, 승무원들, 이웃집 아저씨들
만날 수 있으리라

수십 년 단절된 고통은
수백 년을 넘는 아픔으로 살아온 것보다
더 아프게 더 아프게
우리 모두를 짓누르고 있다 그러나
부모형제자매 하나 되어 만나면

한 덩어리의 슬픔이 기쁨이 되어
노래와 춤으로 하늘을 뒤덮으리라

바로 이 길로 가면.

조국, 그 빛이여!

그날,

온기(溫氣)가 남아있는 곳에

살기(殺氣)가 스미더니

처참한 빛줄기들

가슴 헤치며

어지러운 난반사(亂反射)

암흑 속을 헤매던 그때 그

미친 듯 쏘아대던 불빛

흩어져 버린 피붙이들

서러운 몸부림

굶주린 시간들

악물고 버티어 서서

체념으로 뒤집어쓴 벙거지 벗고

뻥 뚫린 허공을 보니

아, 햇빛마저도 갈라지누나

자, 그럼

갈라진 빛 가운데 험한 길을 따라

오르고 또 오르자

넘어지면 혀 깨물며 일어서고

탈진하면 얼 되새기며 오르고 또 오르자

내일 또 내일이라도

지금,

갈라진 빛 안고

딩굴고 또 딩굴면

냉기(冷氣)로 얼어붙은 몸뚱이에

온기(溫氣)가 다가서고

너와 나 가슴에는

파릇파릇 봄향기 스민다

이제,

우리 춤추며 노래하자

묻어 둔 한(恨)을 꺼내

차디 찬 음악과

뜨겁디뜨거운 풍악을 함께 버무려

부둥켜안고 애무하고

환희로 엮어낸 흰옷을 흔들며

하늘을 보니

아! 햇빛이 하나 되어

환한 함성 울려 퍼진다.

저녁, 다시 오는 빛– 하나

21세기 복덕방 일찍 문 닫는 소리

두 노인네 잔기침 깊은 한숨으로

빚을 떨어뜨리며 지친 저녁을 알린다

군용트럭이 토하는 분노와 불빛에 놀라

긴장감이 도로를 덮는다

빛나는 알몸 알리려는 찬란함 속에

게임방에서 나오는 악동들

웃고 떠들고 악쓰고 부딪치며

또 다른 게임으로 이어지고

붕어는 뜨거운지 뒤집어지고

오뎅은 느긋하게 열을 기다리고

노래방 랩에 맞추어 빨강파랑춤은 돌아가고

군상들 발걸음은 어둠과 함께 빨라진다

작은 촌도시 그렇게 또 하루를 접는다

깊은 밤

별은 많은데 빛나지 않는 이유는 뭘까?

하늘은 하나인데 갈라진 땅이 많아서 그런가?

- 겨울 가뭄이 심하다는데 -

다시 내일의 빛이 오면 두 노인네

계약성사 되어 술잔 속에서

대화가 퍼덕거렸으면 좋겠다

그래서 억지라도 웃고 싶다

촌도시는 매일 조금씩 변한다

다시 오는 빛으로 하나 되어 간다.

아주 조금씩.

이사 여행

나의 푸른 삶

붉은 차

오르내리기 스무여 회

적재중량 상한가 조정

사오 톤, 팔 톤

삶의 보따리 묶을 때

퍼담는 두려움

알 수 없는 상념이 가득 찬 대야에

나를 담고 우리를 묶는다

동병상련의 정을 묶는다

여식놈의 다섯 살 된 가방 속에서

여덟번여덟 번 째의 이동통지서와

낯선 아홉 개의 출석부를 만나며

8전 9기의 용사를 본다

팔도 친구의 그칠 줄 모르는 뜨거운 정을 본다

좁은 계단 오르내리기 힘들어

음치 된 피아노

삶의 고단함을 흔적으로 남긴

늙은 장롱

접시 사망 - 도저히 몇 개인지 알 수 없음

유리그릇 중상 - 집계불능

의자 부상 -응급조치

각동 도서 실종 - 무념 무상

웃으며 넘긴 세월을 그리면서

삼총사를 살찌운다

삶의 보따리 풀 때

베풀며 나누는 인정(人情)아
마음을 풀고 삶을 풀어 버린다
묶고 풀고
풀고 묶으며 삶을 나눈다

이 길 저 길
이 땅 저 땅
모두 내 고향

이곳 이 사람
저곳 저 사람
모두 내 가족
고향과 가족 찾아
오늘도 예약되지 않은
여행 준비 예약 끝.

만남

-남북이산가족 만남을 보며-

깊고 깊은 슬픔으로 태어나
홀로서기에는 너무도 힘들어
부둥켜안은 눈물로
우리의 사랑을 만들었습니다.

잠시 살 맞대고 정 붙이다
서로 더럽힐 수 없는 옷깃을 여미며
서먹함이 주는
생각까지도 받아들이는 것은
바로 하늘의 뜻

오고 가는 따사로움이 아니라면
가끔 모여 마음이라도 닦으면 좋으련만
다시 밟히며 돌아서는 안타까움

만남으로 엮이는 감격

그 가장자리에 매달린 이별의 다가옴

깊고 깊은 슬픔보다

더 깊어지지 않을까

두려움이 주는 그리움

아! 가슴에 저며드는 웃음꽃

눈물 훔치며 파란 하늘을 본다.

자유혼(自由魂)

-독립기념관에서 얻은 교훈-

세상을 널리 이롭게 하라

신단수(神檀樹)에 새겨진 한배달 정신

유구한 겨레의 박동(搏動) 되어

동방의 빛이 되었네

땅을 밟힌 적은 수없이 많으나

혼魂을 밟힌 적은 단 한 번도 없었으니

말발굽을 이기고 일어난 강인한 민족혼(民族魂)

거칠고 드넓은 벌판을 열어 제끼고

자유의 깃발 널리 널리 펼쳤으니

아! 선열의 뜨거운 애국혼(愛國魂)

길이길이 간직하리라.

태극혼(太極魂) 가슴에 품고

억눌린 눈물을 묻어둔 심장 속에서

잔혹한 제국의 칼날에 베어도

찢어진 육신의 뒤틀림 속에서도

불타는 정신으로 외치는 만세의 활화산

산맥과 골짜기를 내달리는 빛의 사자들

열강의 틈바구니가 토해내는

옆구리의 상처는 민족의 증인이 되어

온몸을 휘감아 돌며 멈추다가

하나의 정신이 두 개의 이념으로 갈라져

아직도 전선은 남아 전쟁의 흔적이 주는

차디찬 긴장이 흐른다

놈들의 달력으로는 몇 해겠지만

우리의 달력으로는 셀 수 없이 흘렀어도

우리 모두 하나 되고 또 하나 되어

세계 속에 우뚝 서는 금자탑 이루었네.

피보다 진한 자유를 품었으나

아직도 빛과 어둠이 맞물리는

혼란의 이정표가 세워져 있는 한

자유를 대충 기워입고 다닐 수는 없다

자유의 중심이 흔들려서는

자유의 햇살을 누릴 수 없다.

어둠의 중심에는 어둠의 음모만 있을 뿐

갈라진 이념의 틈에서는

자유의 싹을 키워낼 수 없다.

철조망에 걸쳐져 흩날리는 옷자락의 침묵

낯설기만 한 한 맺힌 옷고름의 만남

눈물 훔치며 자유를 향한 목마름에 옷깃 세우며

축축이 적셔온 허리띠를 움켜잡는다

피와 땀과 눈물로 지켜온 이 땅 이 나라

이 자유 영원 영원히 지키리라

온갖 시련과 역경을 이기고 이기며

아름답게 지켜온 삼천리 금수강산

가슴과 가슴으로 이어지도록

우리가 지켜야만 하는 자유

거저 얻어지는 자유는 없다

자유는 자유의 바톤만을 받아

방울방울 땀방울 핏방울 모아 모아

자유를 빛내는 건 오직 자유혼(自由魂)뿐.

날마다 새롭게

태곳적,

우리의 삶은

일신우일신(日新又日新)

잠깐,

우리가 우리를 잊었던 순간

내가 나를 모르던 때

환락의 날갯짓으로

퇴보의 흙탕길에서

철버덕 철버덕 헤멜 때

이국촌(異國村)의 삶 속에는

페이브먼트가 달린다

이제,

추악한 가면들

과욕, 불신, 태만, 불의, 부정

수거하여 벗어던지고

검소, 신뢰, 근면, 정의로 점철된

새로운 태양을

힘찬 박동(搏動)으로 맞이하자

나를 사랑하며 채찍질하고

우리를 위해 땀을 흘리며

한걸음 뒤에서

우리를 앞세우고

한 걸음 앞에서

우리를 끌어주자

땀 내음 속에서 풍요를 추수하고

비린내에서 진리를 발견하며

기름 내음이 주는 삶을 간직하자

정의가 살아 숨 쉬는 터전을
질서가 뿌리내리는 생활을
신뢰로 다져진 마음으로 하나가 되어
뻗어나가자

힘들고 험준하고 더러운 모든 일을
성업(聖業)으로 승화시키며
목 터져라 외치자
신나게 외치자
신한국인(新韓國人)아!
우린
날마다 날마다 또 날마다
새롭게 새롭게 더욱 새롭게
거듭 태어나는
이미 찬란히 빛을 발하는
동방의 새로운 등불이어라.

지금은

-전역을 앞두고-

틀에 깊이 박힌 형상을 보았는가

푸르름에 얼룩진 삶이 얼룩무늬로

감출 수 있다면

다시 떠오르는 태양에 눈을 감지는 않으리라

세파를 모르는 철부지가 새로움이라는 책속에

얼굴을 묻고 그냥 앞만 보고 달려가다가

어느덧 새로운 종착역에 발을 내딛고

먼 산을 응시한다

산속에 있을 수많은 물음표가

가슴에 쌓인다

  ?   ?   ?   ?   ?

  ??? ??? ??? ??? ???

??????????????????????????????

마음의 창을 열고 밖을 내다보니

나만이 나 홀로

내가 나를 뛰게 한다.

제대하는 날

햇빛은 따가운데
해는 넘어가려고 하지 않는다

까까머리에 긴박감 쓰고
허수아비에 긴장감 매달고
정신 못 차리고 뛰고 달리고
자아상실 속에
자아회복을 기다리며
악물어 입술 터지며
비지땀으로 밥 비비며
잠 설치고
얼차려 이기며
버티며 버텨온 훈련들

반짝이는 계급

안도의 호흡을 내쉬기 전

떨어지는 사명들

잘린 허리 붙들고

어렴풋이 조국을 느낄 때

지금 붙일 수 없는 현실

핑 도는 눈물

찡한 가슴

어디에 정(情)을 붙일꼬

불평등의 원리

각양각색의 고향들

못된 송아지와 엉덩이의 뿔

황금만능의 모순이 주는 평안

자기상실 속에 안도

고리로 연결된 인정(人情)들

눈치와 비위 맞춤의 사랑

합리적 사고(思考)와 비합리적 행동

높은 계단을 위해서만 달리는 나신(裸身)들

그래도 새까만 하늘 속에 한 가닥 미소

다행이다

가슴 쓸어내리며 다행이다

손 올리며 시작하고

손 올려서 끝낼 때

팔 내리면 다가서는 웃음들

무엇을 안고 살까

무엇을 버리고 살까

꿈 안고 숨 쉬다

현실이 주는 아픔에

숨 멈추고 손 흔들면

다가서던 웃음들이

다가서 던져버린

냉혹함이 된다

눈뜨고 맞이한 오늘

어제의 소리가 아니다

차가운 물에 손담고

둘러보는 주위에

날카로운 빛들이 어지러움

이제,

이런 게 아니구나 느낄 때

방아쇠 당긴 손가락에

각오를 싣는다

어머니

목 빼고 머리 높이며

턱 들고 눈(眼) 들고

기다려온 시간 속에서

조국보다 건강한 아들이 좋단다

건강한 아들 속에

건강한 조국이 뛰고 있다

조국

늘

푸르다.